Yuminaga,
tu me trouves vraiment si repoussante que ça ?
C'est vrai que je n'ai pas beaucoup de poitrine et que je ne suis pas très féminine, mais...
La forêt aux lapins
Chapitre 6
FLOUP

Mais un jour...
Tu vas finir par coucher avec elle,
non ?
Avec cette fille.
LES CHOSES À NE PAS FAIRE !!
1
- Long à répondre
- Pas gentil
- Infidèle (?)
- Boit
- Fume
- Beaucoup de sexe
- Traitre
2
- Mange mes boules de riz
- Mange mes flans
- Infidèle (?)
- Beaucoup de sexe
- Emprunte de l'argent
C'est pas bien de manger la nourriture des autres
3
- Fume
- Joue aux jeux d'argent
- Beaucoup de sexe
- Boit
- Fume
4
- Sexe
- Boit
- Fume
- S'énerve tout de suite
- Donne des coups de pied
5
- Dit qu'il va faire un truc et ne le fait pas
- Fume
- Emprunte de l'argent
- Alcool
- Sexe
6
- Sexe
Comme tous ces types.
Mais... J'ai promis que non...
Et puis...
En plus...

Si je fais ça, ce sera moi le coupable, cette fois...
AH...
AR-RÊTE...
Elle te dit d'arrêter, alors arrête...

Je ne comprenais pas que ce qu'il y avait de mal...
J'étais trop naïf...
En plus, je ne sais même pas si j'aime les filles.
C'est quoi, être «coupable» ?
Les «hommes» deviennent tous coupables un jour ?
Peux pas
Ok
Préviens-moi quand tu seras dispo
C'est quoi, au juste, être un «homme» ?
C'est malsain...
Shii m'évite depuis que j'ai quitté le collège...

Avec une mère pareille, tu seras jamais normal, toi !
La ferme...
Qu'est-ce que t'en sais ?
Je veux économiser de l'argent pour soutenir financièrement ma mère, entrer dans une bonne université, trouver un travail stable, me marier avec une fille que j'aime et fonder une famille.
Ne dis pas de mal de ma mère. Ne me juge pas à cause de ce que fait ma mère.

Pourtant...
C'est toi-même qui t'es juré de ne jamais coucher avec personne, de ne jamais toucher au sexe.
Ça n'a pas d'importance. Je peux tomber amoureux d'une fille sans coucher avec elle.

C'est plutôt le problème inverse qui se pose, non ? Si tu couchais avec une fille,
tu finirais par la détester.
Quand elle t'a forcé à lui toucher la poitrine avec ta main droite, ça t'a dégoûté.
À la base, tu ne détestais pas Hanaoka-san, mais tu t'es mis à détester tout ce qui faisait d'elle une fille, jusqu'à être incapable de la supporter. Pas vrai ?

Bingo.

*Corn dogs : saucisse enveloppée de pâte à beignet puis frite

JE PENSAIS QUE TU ALLAIS MANGER LES DEUX, SHII.
IDIOT. JE LES AI ACHETÉS POUR QU'ON LES MANGE ENSEMBLE.
IL A L'AIR CONTENT...
LA PROCHAINE FOIS, JE PREN-DRAI DES SAUCISSES GRILLÉES...
Sexy...
SI TU ME PRÉVIENS AVANT DE VENIR, LA PROCHAINE FOIS, J'EN METTRAI DEUX DE CÔTÉ.
ET APRÈS AVOIR MANGÉ LES SAUCISSES GRILLÉES, ON POURRAIT SE FAIRE UN RENCART ET ALLER AU CINÉ ?

QU… QUOI ?! UN RENCART ?!
ON EST ENCORE AU LYCÉE, ON VA PAS ALLER VOIR UN FILM SI TARD LE SOIR…
ON IRA UN JOUR OÙ TU NE TRAVAILLES PAS, ALORS.
Quand on y pense, ce n'est pas sain non plus, ce qui se passe avec Shii.
Le simple fait de me dire que qu'on «sort ensemble» me met mal à l'aise, mais l'idée d'un rencart, c'est encore pire.
Voilà qu'il recommence à balancer nos mains…
プラーン
BALANCE
プラーン
BALANCE
Mais bon, tout ça, c'est juste pour un an.
Quand je serai adulte, je m'en rappellerai comme d'une «erreur de jeunesse» et ça me fera rire.

QUAND J'Y RE-PENSE...
ÇA ME RAPPELLE LA FOIS OÙ ON N'AVAIT PLUS D'EAU À LA MAISON À CAUSE DE TRAVAUX.
ET J'AVAIS SUPER ENVIE DE CHIER, J'AI DÛ ME PRÉCIPITER DANS CE PARC POUR UTILISER LES TOILETTES PUBLIQUES.
AH OUI, JE M'EN SOUVIENS !
ET T'AVAIS PAS RÉUSSI À LES ATTEINDRE À TEMPS.
J'ÉTAIS MORT DE RIRE EN TE REGARDANT NETTOYER TON CALEÇON.
J'OUBLIERAI JAMAIS LA TÊTE QUE TU FAISAIS.
キュコ TIRE
キュコ TIRE
キュコ
AHAH AHAHA HAHA HA HA HA HAHA !
J'AI PAS DE ROBINET ET PAS DE LESSIVE !! QUE VOULEZ-VOUS QUE JE FASSE D'AUTRE, M. YUMINAGA ?!
SPLASH
ジャー
ジャー
SPLASH
EN TOUT CAS, J'AVAIS RÉUSSI À ENLEVER TOUTE LA MERDE.
ET PUIS IL Y A EU CETTE NUIT OÙ ON ÉTAIT SORTIS POUR REGARDER LES PERSÉIDES.

J'OUBLIERAI JAMAIS TA TÊTE À CE MOMENT-LÀ NON PLUS...
......
JE ME SUIS RÉVEILLÉ PARCE QUE VOUS ÉTIEZ TOUS LES DEUX MORTS DE RIRE.
ET PUIS...
APRÈS ÇA, ON A VU UNE ÉTOILE FILANTE...

N'EMPÊCHE...
C'EST GÉNIAL QU'ON AIT LES MÊMES SOUVENIRS, TOI ET MOI.
ÇA NE VEUT PAS DIRE QUE JE ME SOUVIENS DE TOUT CE QU'ON A FAIT ENSEMBLE...
MAIS C'EST SUPER DE POUVOIR SE DIRE «TU TE SOUVIENS DE ÇA ? JE M'EN RAPPELLE TROP BIEN».
ET PUIS, CE N'EST PAS GRAVE SI L'UN DE NOUS DEUX OUBLIE UN SOUVENIR.
LES PLUS IMPORTANTS, ON S'EN SOUVIENT TOUS LES DEUX.

MOI, J'AI STOCKÉ DANS MON CERVEAU CHAQUE PETIT INSTANT QUE J'AI PASSÉ AVEC TOI, TAMAKI.
S'IL Y AVAIT UN CONCOURS INTITULÉ «QUIZZ SUR LA VIE DE TAMAKI», J'IRAIS FACILEMENT JUSQU'EN DEMI-FINALES.
MAIS JE NE SAIS PAS SI JE POURRAIS GAGNER.
Chuchote
Y'AURAIT PAS BEAUCOUP DE PARTICI-PANTS...

MOI, JE N'AI PAS PU TE PARLER DE TOUT CE QUE JE RESSENTAIS, DONC J'IMAGINE QUE...
TOI AUSSI, IL Y A DES CHOSES QUE TU NE M'AS PAS DITES.
GRIP
ぎゅっ
PAR EXEMPLE ...
JE NE SAVAIS PAS QUE TU AVAIS DU MAL AVEC LES FILLES, TAMAKI.
AH, POUR ÇA...
MOI-MÊME, JE L'AI COMPRIS IL N'Y A PAS TRÈS LONGTEMPS...
SCHLACK
TOURNE

LES CHOSES DONT ON N'A JAMAIS PARLÉ JUSQU'À MAINTENANT...
LES QUESTIONS QUE JE VOULAIS TE POSER, MAIS QUE JE N'AI JAMAIS TROUVÉ LE COURAGE DE DIRE...
JE VOUDRAIS TE LES POSER, MAINTENANT. JE VEUX TOUT SAVOIR.
JE... JE PENSE QU'ON N'EST PAS OBLIGÉS DE TOUT SE DIRE, ON PEUT GARDER UNE CERTAINE DISTANCE...
NON. JE NE VEUX PAS QUE LA DISTANCE ENTRE NOUS GRANDISSE ENCORE PLUS.

SHII...
QU'EST-CE QUI S'EST PASSÉ PENDANT L'ANNÉE OÙ ON NE S'EST PAS VUS ?
JE TROUVE QUE TU AS CHANGÉ.
AVANT, SHII ÉTAIT UN PEU COMME UN ENFANT GÂTÉ...
QUAND IL ME POSAIT UNE QUESTION ET QUE JE DISAIS NON, IL CONTINUAIT À INSISTER.
Je veux aller chez toi, Tamaki.
Pas question.
BAH... QUELQUES TRUCS...
TU NE DIS QUE TU NE VEUX PAS QUE LA DISTANCE ENTRE NOUS GRANDISSE, MAIS C'EST TOI QUI PRENDS TES DISTANCES, LÀ.

SCHLACK
JE NE PRENDS PAS MES DISTANCES.
Ins-piiiire ...
SNIFF
SNIFF
SNIFF
HÉ... LA DERNIÈRE FOIS AUSSI, TU M'AS RENIFLÉ...
J'AIME PAS, ÇA FAIT PERVERS.

[*Nattô : préparation gluante composée de soja fermenté, avec une odeur et un goût très forts.]

BEN... JE VEUX DIRE... JE L'AIMAIS, OUI...
MAIS JE CROIS QUE C'ÉTAIT PARCE QUE J'ÉTAIS OBLIGÉ DE L'AIMER...
GRR
MAIS TU L'AS EMBRAS-SÉE, NON ?
GRR
EUH... JUSTE DES SMACKS... C'ÉTAIT PAS VRAIMENT DES BAISERS, PLUTÔT DES CONTACTS PHYSIQUES...
ALORS QUAND TU M'AS EMBRASSÉ, C'ÉTAIT DU CONTACT PHYSIQUE AUSSI ?
EUUUH...
FAIS PAS CETTE TÊTE DÉGOÛTÉE, TU VAS ME BLESSER.

JE FAIS PAS UNE TÊTE DÉGOÛTÉE...
SHII ET MOI, ON EST TOUT AUSSI BIZARRES L'UN QUE L'AUTRE...
C'EST JUSTE POUR UN AN...
CE QU'IL Y A ENTRE NOUS.
.....
JE SAIS...
«Juste pour un an».

POF
トン
Tamaki ne cède que quand je lui dis que notre relation a une date limite.
Mais si je n'utilise pas toutes les astuces que j'ai à ma disposition, Tamaki n'acceptera jamais que je le touche.
Et ça, ça me fait un peu...
Non, ça me fait beaucoup de peine.
T'AS LES LÈVRES SÈCHES.
ELLES ONT TENDANCE À GERCER FACILEMENT.

SLURP
OUAAAH !
Tu m'as léché !
TU PANIQUES VRAIMENT POUR UN RIEN, TOI !
C'EST «JUSTE POUR UN AN», C'EST PAS SI GRAVE.
TU DIS TOUJOURS ÇA, MAIS...
JE CONTINUE À PENSER...
QU'UN AN, C'EST TROP LONG, COMME PÉRIODE.

POUIC
NM MH !!
PAF
HII !
SLURP
SLURP
SHII...!
LÈCHE
Qu'est-ce que...

BRRRRRR !
BRRRRRR !
BRRRRRR !
BRRRRRR
BRRRRRR
FUAH ...
REPOUSSE
MON TÉLÉPHONE SONNE !!

ALLÔ ? OUI, DÉSOLÉ, MAMAN...
JE SUIS AVEC SHII... JE T'AI DIT QU'ON AVAIT PRÉVU UN TRUC.
OK, JE VAIS RENTRER.
À PLUS.
TAMAKI...
MA MÈRE M'A DIT DE TE DIRE QUE TU POUVAIS VENIR CHEZ NOUS PARFOIS !
TU ES SÛR QUE C'EST TA MÈRE QUI A DIT ÇA, OU C'EST TOI ?
SI TU NE FAIS RIEN DE BIZARRE, JE VIENDRAI.

JE NE SAIS PAS COMMENT RÉAGIR AVEC SHII...
C'ÉTAIT QUOI, ÇA...? QU'EST-CE QU'IL FOUT ? COMMENT JE SUIS CENSÉ RÉPONDRE À ÇA ?
Quand j'étais avec Hanaoka-san, on avançait très doucement... C'était plus comme si on était des amis.
C'est pour ça que ça a bien marché pendant un an...
.....
J'AI ENCORE L'IMPRESSION DE SENTIR SA PEAU CONTRE MES LÈVRES...
J'AI L'INTÉRIEUR DE LA BOUCHE QUI PICOTE...
BRRRRRR !
SURSAUTE
!
ENCORE MAMAN ?

Shii
Désolé.
Pardonne-moi.
Shii
Je crois que...
Au lieu de le pousser à m'aimer, je suis en train de le pousser à me haïr...
はあ
HAAA...
MAIS JE PEUX PAS ARRÊTER...
NORMAL QU'IL ME DÉTESTE.

Je veux renifler l'odeur de son cou, je veux humecter ses lèvres quand elles sont sèches, et surtout, je veux lécher sa dent du bas qui est légèrement tordue...
IL A SUFFI DE LUI ROULER UNE PELLE POUR QUE JE ME RETROUVE UNE ÉRECTION DIGNE DE CES PUBS DE SITES PORNOS...
TAILLE DOUBLÉE !
AUGMENTEZ LA TAILLE DE VOTRE PÉNIS !
1 SEULE PILULE !
DE TOUTE FAÇON, JE SUIS UN PERVERS...
FUIP
Et pourtant...

JE SUIS REVENU, JE VOULAIS VOIR ÇA EN VRAI.
FSCHHH...
J'aime tellement quand Tamaki sourit comme ça.
DU COUP, TU PORTES PAS DE CALEÇON, LÀ ?
TIRE TIRE TIRE
JE FAIS TOUT ÇA POUR VOUS, M. YUMINAGA !! VOUS VOYEZ ?!
NON, JE VOIS PAS.
FSCHHHH...

La forêt aux lapins
Chapitre 7
Les vacances d'été commencent demain ! Comment allez-vous les passer ?
Je pense que certains vont réviser, vont aller à leur club, d'autres vont s'amuser…
Et les terminales vont sans doute réviser pour leurs examens d'entrée à l'université…
HÉ, SHII !
TU FAIS QUOI CET ÉTÉ ?
LE CLUB, LE CAMP D'ENTRAÎNEMENT, LE TOURNOI. C'EST TOUT.
JE VOIS…

[Au Japon, l'année scolaire commence en avril, les vacances d'été durent environ un mois (mi-juillet à mi-août) et le deuxième trimestre commence après les vacances d'été.]

OUAH !
T'AS QUE DES PHOTOS DE KOMAKI-CHAN DANS TA GALERIE !
TU PEUX PARLER, TU FAIS PAREIL...
ELLE A DES SEINS ÉNORMES ...
ON A QU'À FAIRE UN PARI POUR VOIR QUI POURRA SORTIR AVEC KOMAKI-CHAN ET LUI TOUCHER LES SEINS EN PREMIER !
ET TOI, YUMINAGA, FAIS VOIR TA GALERIE ?
ワクワク
NYARK NYARK
MONTRE
スッ

Renard du tibet
Aussi appelé renard des sables du tibet (carnivore)
Ses yeux froids et sa tête carrée le rendent fascinant.
RENARD DU TIBET, RAMEN, RENARD DU TIBET, RENARD DU TIBET, BOL DE RIZ BLANC, RENARD DU TIBET, RENARD DU TIBET…
UMIQLO VA BIENTÔT SORTIR UN T-SHIRT À L'EFFIGIE DU RENARD DU TIBET, J'AI TROP HÂTE !
DIS DONC, TOI… T'ES ENCORE PLUS PUR QUE L'AGNEAU QUI VIENT DE NAÎTRE…
GRIP
ÇA T'ARRIVE D'AVOIR ENVIE DE SEXE, AU MOINS ?
QUAND TU REGARDES LES SEINS DE KOMAKI-CHAN, T'AS PAS ENVIE DE LES TOUCHER ?
HEIN ?
AH… EUH…
EUUH… BEN…
TAMAKI !

JE VOUS REJOINS PLUS TARD !
TU M'AS FAIT PEUR... C'EST TOI, SHII ?
T'AVAIS L'AIR EN GALÈRE, ALORS JE SUIS INTERVENU AVANT QUE TU SOIS OBLIGÉ DE LEUR MENTIR.
MERCI... TU M'AS SAUVÉ LA MISE.
MAIS LA RAISON PRINCIPALE, C'ÉTAIT SURTOUT PARCE QUE ÇA ME RENDAIT JALOUX DE VOIR CE TYPE TE TOUCHER.
C'EST UN AMI...
T'ES LIBRE LE 4 AOÛT ? ON VA AU FESTIVAL ENSEMBLE ?
NON, JE TRAVAILLE... ÇA VA ÊTRE COMPLIQUÉ.
JE M'EN DOUTAIS...

ET PENDANT LA DEUXIÈME SEMAINE D'AOÛT, T'ES DISPO ?
JE CROIS QUE JE SUIS DISPO LE 8.
OK, NE PRÉVOIS RIEN CE JOUR-LÀ, ALORS.
ET SI ON INVITAIT HAYASHI ET SUGAWARA ?
ÇA FAIT UN BAIL QUE T'AS PAS VU HAYASHI, NON ?
JE PRÉFÉRERAIS QU'ON SOIT RIEN QU'À DEUX.
ON NE SE FAIT PAS UNE SORTIE ENTRE POTES, ON SE FAIT UN RENDEZ-VOUS AMOUREUX.
DÉSOLÉ...

Qu'est-ce qu'il faut que je fasse pour que Tamaki arrête de me voir comme un ami ?
WOOOM !
JE LUI AI FAIT MA DÉCLARATION... ON SORT ENSEMBLE...
JE LUI AI FAIT UN CÂLIN... JE L'AI EMBRASSÉ...
A... AVEC LA LANGUE, MÊME...
Mais je n'ai pas réussi à recommencer depuis ce jour...
HOUP !
HOUP !
À part quelques smacks vite fait...
QUAND J'Y PENSE...

MÊME QUAND ON S'EMBRASSE, C'EST COMME SI J'ÉTAIS JUSTE SON POTE...
OK, OK, MIOM MIOM
PAIN
GOÛT DE PAIN...
OU ALORS SON ANIMAL DE COMPAGNIE... C'EST L'IMPRESSION QUE ÇA ME FAIT, CES DERNIERS TEMPS.
MERDE...
POURQUOI...
JE CROIS QU'IL EMBRASSAIT SA MÈRE COMME ÇA QUAND IL ÉTAIT PETIT...
S'IL M'AIMAIT, PEUT-ÊTRE QU'IL Y ARRIVERAIT PLUS FACILEMENT...
JE SAIS PAS...
POUF
MOI, IL EST LE SEUL AVEC QUI J'AI ENVIE DE FAIRE ÇA...
SHUNTA, QU'EST-CE QUE TU FAIS POUR LES VACANCES D'ÉTÉ ?
TU VIENS À LA CAMPAGNE AVEC NOUS OU TU AS TON CLUB ?
VOUS Y ALLEZ QUAND, DÉJÀ ?
ON VOUDRAIT ÉVITER LES BOUCHONS, DONC VERS LA DEUXIÈME SEMAINE D'AOÛT.
AH... JE PEUX PAS, J'AI LE TOURNOI.

ET TOI, TU FAIS QUOI ?
J'Y VAIS !
JE VEUX VOIR LES COUSINS.
ZARI ZARI
HU HU HU HU HU HU HU HU...
Le camp
Il y a aussi
réunion du
Ok
muse-toi bien
Ça veut dire qu'il n'y aura personne à la maison le jour où Tamaki viendra !
Hé, Tamaki, viens chez moi le 8
Appelle-moi quand tu seras parti de chez toi
OK !
Aa

ça m'a surprise. J'aurais voulu être un peu
mentalement ! (Femme de 23 ans)
L'idéal, c'est d'embrasser avec la langue au bout du 3e baiser. L'ambiance, c'est important ! (Femme de 27 ans)
Comment sait-on quand c'est le moment d'embrasser avec la langue ?
Pour que votre partenaire apprécie ce moment, le plus important, c'est de créer une ambiance propice. Un roulage de pelle sans prévenir, c'est NON
MINCE... ON A FAIT ÇA DANS LES TOILETTES D'UN PARC... ET JE LUI AI FORCÉ LA MAIN...
LA PRO-CHAINE FOIS, J'ESSAIERAI DE CRÉER UNE AMBIANCE PROPICE...
AAH... J'AI ENVIE DE MANGER UN CORN DOG...

DÉSOLÉ POUR L'ATTENTE. VOICI VOTRE PAVÉ DE DAURADE ROSE EN BOUILLON.
GLING
ガラ
GLING
ガラ
BIENVENUE !
OH ! YUMINAGA-KUN, TU TRAVAILLES CE SOIR ! TU VAS BIEN ?
MATSUYAMA-SAN, YAMANOBE-SAN... VOUS N'ÊTES PAS VENUS DEPUIS LE PRINTEMPS AU MOINS.
EH OUI ! AVEC LE BOULOT, ON RENTRAIT SUPER TARD LE SOIR...
CES DERNIERS TEMPS, ÇA SE CALME UN PEU, ENFIN.
Je ne me suis pas rendu compte que ça faisait si longtemps.
YUMINAGA-KUN, LES VACANCES D'ÉTÉ COMMENCENT BIENTÔT POUR TOI, NON ?
TU PRÉVOIS D'ALLER QUELQUE PART ?
PAS DU TOUT, MALHEUREUSEMENT !
J'AI BESOIN D'ARGENT, DONC JE VAIS PASSER L'ÉTÉ À TRAVAILLER.
TAMAKI-KUN !
IL EST DÉJÀ 22H, TU PEUX T'ARRÊTER LÀ POUR CE SOIR.
D'ACCORD, MERCI !

PROFITEZ BIEN DE VOTRE SOIRÉE.
AAH, J'AI ENVIE DE LUI PAYER UN BON REPAS…
AH LÀ LÀ, MATSUYAMA-SAN… VOS MAUVAISES HABITUDES REPRENNENT LE DESSUS.
VOUS AIMEZ BIEN LES JEUNES GARÇONS MIGNONS ET SÉRIEUX…
PATRON, VOUS DEVRIEZ DONNER UNE AUGMENTATION À YUMINAGA-KUN !
JE VOUS SIGNALE QUE SON SALAIRE EST ASSEZ ÉLEVÉ, ICI…
SI VOUS VOULEZ L'INVITER À MANGER, POURQUOI NE PAS LUI DEMANDER SON NUMÉRO DE TÉLÉPHONE ?
IDIOT ! MÊME SI JE L'AVAIS, QU'EST-CE QUE J'EN FERAIS ?
AU CONTRAIRE, MON PETIT PLAISIR, C'EST DE DÉCOUVRIR QU'IL TRAVAILLE LE JOUR OÙ JE DÉCIDE D'ALLER AU RESTAURANT. C'EST PLUS SYMPA COMME ÇA !
JE NE VOIS PAS QUEL EST L'INTÉRÊT…
POC
EN PLUS, MATSUYAMA-SAN, VOUS AVEZ DÉJÀ UNE COPINE, NON ?

*Onigiri : boule de riz fourrée. Sugar daddy : un homme qui donne de l'argent ou des cadeaux à un garçon/une fille plus jeune, parfois en échange de faveurs sexuelles.

HÉ, TAMAKI...
J'AI PAS ENVIE DE RÉVISER...
DÉSOLÉ, JE CONTINUE JUSTE ENCORE UN PEU.
C'EST PLUS MOTIVANT QUAND IL Y A QUELQU'UN POUR ME SURVEILLER.
POURQUOI T'ARRÊTES PAS DE ME FIXER ?
T'AS DIT QUE TU PRÉFÉRAIS ÊTRE SURVEILLÉ. JE TE SURVEILLE.
JE DISAIS PAS ÇA DANS CE SENS-LÀ... JE PARLAIS JUSTE DU FAIT QUE TU SOIS LÀ.
... OK.

.....
C'EST BIEN CALME... TA FAMILLE EST SORTIE ?
ILS SONT ALLÉS VOIR LA FAMILLE À LA CAMPAGNE.
TU N'ES PAS PARTI AVEC EUX, SHII ?
ON AURAIT PU SE VOIR UN AUTRE JOUR.
C'était possible de repousser.
NON.
J'AVAIS ENVIE DE TE DRAGUER SANS ÊTRE DÉRANGÉ PAR MA FAMILLE.
ME DRAGUER...
UNE FOIS QUE T'AURAS ATTEINT CE PASSAGE, T'ARRÊTES DE BOSSER, OK ?
OK, OK...

SCHRIC
SCHRIC
L'AM-BIANCE...
L'AMBIANCE EST IMPOR-TANTE...
......
HÉ, TAMAKI, REGARDE-MOI...

QU'EST-CE QU'IL Y A, SHII ?
EUH...
CRÉER UNE AMBIANCE...
UNE AMBIANCE...
NE... T'APPROCHE PAS...
AMB...

CE TEE-SHIRT... JE N'ARRIVE PAS À EN DÉTACHER MON REGARD... IL EST...
HAA...
HAA...
AH, IL EST MIGNON, HEIN ?
JE N'AI PAS VU BEAUCOUP D'AUTRES PERSONNES LE PORTER !
MAINTENANT QUE J'Y PENSE, J'AI SENTI QUELQUES REGARDS DANS LA RUE... JE ME DEMANDE SI C'EST À CAUSE DU TEE-SHIRT !
PROBA-BLEMENT.
EUH... TU VOUDRAIS PAS METTRE ÇA À LA PLACE ?
J'AI L'IMPRES-SION QUE C'EST SON GARDE DU CORPS...
POURQUOI ? JE L'AIME BIEN, MOI...
PFF...

ENLÈVE

GRIP
TAMAKI… QU'EST-CE QUE JE DOIS FAIRE POUR QUE TU TOMBES AMOUREUX DE MOI ?
DIS-LE-MOI.

JE TE FAIS DES CÂLINS, JE T'EMBRASSE, ET ÇA NE CHANGE RIEN...
J'AI L'IMPRESSION QUE JE TE PRESSE TROP.
C'EST PAS QUE TU ME PRESSES TROP, MAIS...
J'EN SAIS RIEN NON PLUS...
EST-CE QUE ÇA CHANGERAIT QUELQUE CHOSE SI ON FAISAIT L'AMOUR ?

RECULE...
JUSQUE-LÀ...
JE N'AI JAMAIS ABORDÉ LE SUJET PARCE QUE J'AVAIS L'IMPRESSION QUE ÇA TE METTAIT MAL À L'AISE, MAIS...
J'AI ENVIE DE LE FAIRE AVEC TOI, TAMAK...
NON !!

C'EST PAS PARCE QUE J'AI DU MAL AVEC LES FILLES QUE ÇA VEUT DIRE QUE JE SUIS ATTIRÉ PAR LES MECS.
JE NE SUIS PAS UNE FILLE...
MAIS TU DOIS AVOIR ENVIE DE COUCHER AVEC UNE FILLE, NON ?
IL Y A PROBABLEMENT D'AUTRES GENS COMME MOI.
DES GENS QUI N'ONT PAS BESOIN DE SEXE.
MAIS ALORS, TU NE VAS JAMAIS COUCHER AVEC PERSONNE ?
JE VOIS PAS OÙ EST LE PROBLÈME.
KISS

IL Y A UNE QUESTION QUE JE VEUX TE POSER DEPUIS LONG-TEMPS...
TU N'AS PAS DE DÉSIR SEXUEL ?
OU ALORS, TU EN AS, MAIS TU CHOISIS DE L'IGNORER ?
... JE N'EN AI PAS.
DANS CE CAS-LÀ, SI TU N'AS PAS DE DÉSIR...
EST-CE QUE TON CORPS RÉAGIT QUAND MÊME QUAND ON LUI FAIT QUELQUE CHOSE DE SEXUEL ?

....!
クルッ
TOURNE
TAMAKI !
KISS ×

GRIP
TAMAKI !
NE T'EN VA PAS !
JE SAIS PAS.
ARRÊTE DE ME POSER CE GENRE DE QUESTIONS.
POUF
LE SEXE NE T'INTÉRESSE VRAIMENT PAS ?
TU N'ES PAS CURIEUX DE SAVOIR À QUOI ÇA RESSEMBLE ?
NON, JE NE SUIS PAS CURIEUX.
LÂCHE-MOI.
C'EST VRAIMENT CE QUE TU PENSES ?
TU NE VEUX PAS SAVOIR ?

T'ES PAS FAIR-PLAY, SHII.
DEPUIS QU'ON EST GOSSES, C'EST TOUJOURS PAREIL.
TU FAIS DE MOI TON PARTENAIRE DE CRIME.
QU'EST-CE QUI N'EST PAS FAIR-PLAY LÀ-DEDANS ?
C'EST TOI QUI AS FAIT TON CHOIX, TAMAKI, PAS VRAI ?
JE N'AI FAIT QUE TE PROPOSER.
C'EST PRÉCISÉMENT ÇA QUI N'EST PAS FAIR-PLAY.
... DANS CE CAS, EST-CE QU'IL AURAIT MIEUX VALU QUE JE NE TE LAISSE PAS LE CHOIX ?

CLAC
GRIP
J'AURAIS PAS DÛ M'EMMERDER AVEC CES HISTOIRES D'AMBIANCE... J'AURAIS DÛ FAIRE COMME ÇA DEPUIS LE DÉBUT.

La forêt aux lapins
Chapitre 8
TOURNE
...!!

*Combini : abréviation jap. de «convenience store», supérettes ouvertes 24h sur 24

À L'ÉPOQUE DU COLLÈGE, HAYASHI ET SUGAWARA N'ARRÊTAIENT PAS DE PARLER DE CUL...
MAIS TOI, SHII, TU NE DISAIS JAMAIS RIEN. JE PENSAIS QUE ÇA NE T'INTÉRESSAIT PAS.
C'ÉTAIT PAR CONSI-DÉRATION POUR TOI.
TU N'ÉTAIS PAS MAL À L'AISE AVEC MOI, PAS VRAI ?
....!
TAMAKI...
TU TE DIS SANS DOUTE «SHII EST UN MEC, ET C'EST MON AMI, ALORS MÊME SI ON SORT ENSEMBLE, JE N'AI QU'À TRAÎNER AVEC LUI SANS ME PRENDRE LA TÊTE PENDANT UN AN, ET ENSUITE, CE SERA FINI.»
MAIS EN FAIT, C'EST COMPLÈTEMENT L'INVERSE.

C'EST PARCE QUE TU ME VOIS COMME UN MEC ET COMME UN AMI QUE JE PEUX RESTER PROCHE DE TOI.
SURSAUTE
AH...!
SHII... ARRÊTE, SÉRIEUX...
JE T'AIME, TAMAKI.
J'AI ENVIE DE COUCHER AVEC TOI, J'AI ENVIE DE VOIR LA TÊTE QUE TU FAIS PEN-DANT LE SEXE, D'ENTENDRE COM-MENT TU GÉMIS. J'AI TROP ENVIE DE SAVOIR...
AH...
ÇA SUFFIT !!
ARRÊTE DE DIRE DES TRUCS PAREILS !!
J'AI ENVIE DE TE DONNER DU PLAISIR, TAMAKI...
JE VEUX PAS PENSER À ÇA !!

POURQUOI ? QUAND T'ES TOUT SEUL, TU LE FAIS, NON ?
COMME ÇA.
ズボッ
FLOUP
NGH !!
ビク
SURSAUTE
Ouah...
C'est la première fois que je la touche...
SHII... ARRÊTE, JE T'EN PRIE...
!

....!
UU UH...
T'ES SENSIBLE DE LA NUQUE...
JE SAVAIS PAS.
SLURP
UU UH...
AAH...
FUIP
FUIP
FUIP

AH...
SURSAUTE
TU COMMENCES À BANDER...
BONG !!
AÏE !!
GRIP !

HAA...
HAA...
HAA...
HAA...
HAA...
HAA...
HAA...

C'EST
IM-
MONDE
...
KISS x KISS

CLAC
タン
......
SLURP...
トス

FLAP
FLAP
SLURP
SLURP
TCHAC
HAA...
OUVRE...
のそ・・・
POURQUOI T'ES REVENU ?

AH... SON TEE-SHIRT AVEC LE RENARD...

TU VEUX
REGARDER ?
!
CLAC !!
CRIIC
CASSE
PAS LA
PORTE.

ROULE
ころん
.....
.....
HAA...
HAA...
ぢゅ
SLURP
ちゅぱ
TREMBLE...
ぶるっ
SLURP...

SPLURT...
はぁっ
HAA...
C'ÉTAIT PAS CENSÉ SE PASSER COMME ÇA...
IL VA M'EN VOULOIR TOUTE SA VIE...
Je ne me suis jamais disputé avec Tamaki, alors je ne sais pas comment arranger ça...
C'est immonde...
MAIS QU'EST-CE QUE JE FOUS...? JE SUIS UNE ORDURE...
NON, C'EST MÉCHANT POUR LES ORDURES...
FROTTE
FROTTE
Je commence à me demander si ce ne serait pas mieux de tout arrêter...

1
9
31
Takumi : étudiant gay
Je veux pas d'une relation amoureuse, je veux juste du sexe sans attaches, alors je poste une annonce.
On peut se parler par MP et voir si on s'entend bien.
5
25
65
Shun ?
Takumi : étudiant gay
Enchanté
Je suis lycéen, c'est pas grave ?
Enchanté. C'est pas grave que tu sois lycéen ! Je peux te demander pourquoi tu m'as envoyé un MP ?
17/10/18 12:39
Tu ressembles à mon ami d'enfance.
17/10/18 12:39
Ah bon ?
Fais-moi voir !

Takumi-san ?
C'est moi !
Je suis soulagé, tu es vraiment lycéen.
Si t'avais été un vieux qui aurait menti sur son âge, je t'aurais détruit.
En fait, je suis encore au collège, pardon.
Takumi-san, tu ressembles à ta photo de profil.
Je me demandais si tu avais utilisé des filtres ou pas.
Non, je me trouve beau sans filtres !
J'ai les crocs, on va manger ?
Je lui ai écrit parce que son visage ressemblait à celui de Tamaki, mais...
Il est plus grand que Tamaki...

C'est pas grave si ce n'est qu'un substi-tut.
C'est bien comme ça.
Si je peux faire avec un faux Tamaki...
tout ce que je ne peux pas faire avec le vrai, ça me suffit.
En faisant ça, peut-être je tomberai amoureux de quelqu'un d'autre,
et que je parviendrai enfin à me détacher de lui pour de bon.

Haa...
Haa...
Haa...
Haa...
Takumi-san...
On peut le refaire une fois...?
Mmh... Ok.

Haa...
Je vais devenir accro...
N'empêche...
Ça m'est égal si ce n'est pas Tamaki, finalement.
Autant le faire avec Takumi-san qui en a envie plutôt qu'avec Tamaki qui ne veut pas...
Tamaki
Si t'es libre un de ces quatre, fais-moi signe
Shun, pourquoi tu ne m'embrasses jamais ?
じゃがぴこ
じゃがバター

Ah... Euh,
je sais
pas.
On sort pas
ensemble,
après tout.
HA
HA
HA !
T'as fait pire
en couchant
avec moi,
pourtant !
Takumi-san...
Il y a quelque
chose que j'ai
toujours eu
envie d'essayer...

Alors, ça fait quel effet ?
C'est génial...
Aaah ! J'en peux plus ! C'est cette tête-là que j'aimerais voir chez Tamaki !!

C'est vrai... Depuis qu'on est tout petits, j'adore le sourire de Tamaki.
Mais depuis ce jour...
J'aime aussi quand il pleure... J'aimerais bien le revoir pleurer une fois.
Je veux lui faire des câlins, je veux l'em-brasser...
Je veux le toucher, renifler son odeur...
Je veux le lécher, je veux éjaculer sur son visage... Je suis de plus en plus pervers.
SNIFF
SNIFF
Quand je vois à quel point j'ai envie de faire toutes ces choses à Tamaki, j'ai honte de moi.
C'est parce que j'y pense sans cesse que j'ai dû m'éloigner de lui.

Shun ?
Qu'est-ce qui t'arrive ? Tu pries le dieu du sexe ?
Merci, Takumi-san, de réaliser tous mes fantasmes les plus pervers sans jamais me juger...
Shun ?

Tama-
ki...
Pardonne-moi.

Euh... T'es sûr que ça va ?
Oui.
Tamaki, c'est celui dont tu m'as parlé en MP ? Ton ami d'enfance ?
Oui.
Désolé de faire avec toi ce que je ne peux pas faire avec lui.
Oh, moi ça m'embête pas, tant que j'ai mon quota de sexe !
Aucun souci !
L'opposé total de Tamaki...
Tu ne me trouves pas dégueu-lasse ? Pervers ?
Pas du tout.
Tu peux être encore plus pervers si tu veux, ça me va.
GIRAFFE

Tu sais, Takumi-san... À force de passer du temps avec toi, je commence à me dire que ce que je prenais pour des trucs pervers ne le sont en fait pas tant que ça.
Ne me lance pas là-dessus. Mon seuil de tolérance pour les trucs pervers est très élevé !
C'est pour ça que je ne te trouve pas dégueulasse, Shun.
Et même si tu l'étais, ça ne me dérangerait pas.
A... Ah bon...
Shun, tu as parlé de tes sentiments à Tamaki ?
Hein ?
Tu lui as dit que tu voulais éjaculer sur son visage ?
Euh, non...

On ne parle pas de ce genre de choses.
Il ne sait même pas que je l'aime. Je ne lui ai jamais dit.
... Vous êtes sûrs que vous êtes amis ?
Oui... On se connaît depuis huit ans.
On n'a pas de conversations très profondes, mais...
Si vous n'avez pas de conversations profondes, c'est parce que tu lui caches des choses, Shun !
GIRAFFE
Comment veux-tu que Tamaki se livre de façon intime si tu ne lui dis pas non plus ce que tu penses vraiment ?

SHII
J'aimerais bien que Takumi-san soit Tamaki...
Mais bon, ce ne serait plus vraiment Tamaki...
Je me disais que de coucher avec un faux Tamaki m'aiderait à oublier le vrai Tamaki...
mais c'était une erreur.
Maintenant, je me rends compte que ce n'est pas juste une question de sexe.

Lui dire ce que je pense vraiment...?
Peut-être qu'il vaut mieux laisser tomber...

302
KI

IMMONDE...

La forêt aux lapins
Chapitre 9
ガヤ
BROUHAHA
ガヤ
BROUHAHA
JE RE-TOURNE EN CLASSE.
OK !
À toute.
HMPF...

CLAC
カタン
MIOM
MIOM
MIOM
MIOM
ガツガツガツガツ
.....
SLURP
SLURP
すっすっ
GLOUPS
GLOUPS
GLOUPS
ゴクゴクゴク
...
.....
HMPF !!
グイッ
TIRE

.....
CLAC
カチャ
CLAC
カチャ
LÂCHE...
ぱっ

CLAC
DÉSOLÉ.
POC
.....
«C'est parce que tu me vois comme un mec et comme un ami que je peux rester proche de toi.»
.....
SHII A PEUT-ÊTRE RAISON.

«Tu veux regarder ?»
.....
.....
MIOM
ザワザワ
Je suis foutu.
PENDANT LE CAMP D'ENTRAÎNEMENT, PENDANT LE TOURNOI, J'AI ESSAYÉ DE M'EXCUSER, MAIS RIEN À FAIRE.
HAA...
BRRRR...

サロンパス
UC
100
T'AS UN SACRÉ SENS DU TIMING,
TAKUMI-SAN.
T'AS GRANDI, NON ?
JE FAIS 1M76.
OUAAH, ÇA FAIT PEUR...
BON, TU VEUX QU'ON AILLE CHEZ MOI TOUT DE SUITE ?
NON, PAS AUJOURD'HUI...
ÇA TE DIT QU'ON AILLE MANGER UN BOUT ?

POURQUOI TU DIS QUE J'AI LE SENS DU TIMING, ALORS ? ÇA VOULAIT PAS DIRE QUE T'AVAIS JUSTEMENT ENVIE DE SEXE ?
J'AI ENVIE DE SEXE, MAIS EUH, JE... JE SORS AVEC TAMAKI...
SÉRIEUX ?! C'EST SUPER !!
JE L'AI FORCÉ À SORTIR AVEC MOI APRÈS QU'IL AIT PERDU UN PARI.
C'EST JUSTE TEMPO-RAIRE.
AH... ET ÇA TE CONVIENT...?
BIEN SÛR QUE NON.
JE FAIS TOUT CE QUE JE PEUX POUR QUE L'ÉCHÉANCE DISPARAISSE.
MAIS JE SUIS FICHU.
T'ES FICHU ?
...TU AS UN INSTANT ?

*NdT : En réalité, l'asexualité est une orientation sexuelle où on n'éprouve pas de désir sexuel envers qui que ce soit. Ne pas tomber amoureux s'appelle l'aromantisme. On peut être à la fois aromantique et asexuel (aro-ace).

JE NE SAIS PAS. C'EST PEUT-ÊTRE TROP TÔT POUR LUI COLLER UNE ÉTIQUETTE.
PEUT-ÊTRE QU'IL PENSE ÊTRE ASEXUEL, MAIS QU'IL NE L'EST PAS.
APRÈS TOUT, QUAND ON EST AU LYCÉE, ON LUTTE TOUS UN PEU POUR COMPRENDRE NOTRE SEXUALITÉ, PAS VRAI ?
PEUT-ÊTRE QU'IL N'EST TOUT SIMPLEMENT ENCORE JAMAIS TOMBÉ AMOUREUX.
TU RETOURNES LE COUTEAU DANS LA PLAIE, LÀ...
JE CROYAIS QUE TU FAISAIS DES EFFORTS POUR QUE L'ÉCHÉANCE DISPA-RAISSE ?
C'EST CE QUE JE FAIS, OUI.
MAIS PEUT-ÊTRE QUE JE NE M'Y PRENDS PAS DE LA BONNE FAÇON... J'AI L'IMPRES-SION QU'IL ME DÉTESTE DE PLUS EN PLUS.
カラン
CLAC

TAKUMI-SAN...
EST-CE QUE C'EST FAIR-PLAY DE VOULOIR QU'IL ME DISE LA VÉRITÉ ?
POURQUOI TU DEMANDES ÇA ?
TAMAKI M'A DIT QUE JE N'ÉTAIS PAS FAIR-PLAY...
IL EST INTÉRESSÉ PAR LE SEXE MAIS IL FAIT SEMBLANT DE NE PAS L'ÊTRE, ALORS JE ME SUIS DIT QUE J'ALLAIS ESSAYER DE LE POUSSER À L'ADMETTRE.
À ce moment-là aussi...
Il avait l'air de vouloir savoir ce qu'il y avait de l'autre côté de la grille, c'est pour ça que je lui ai dit de venir.

ALORS TU LUI POSES DES QUESTIONS ORIENTÉES ?
D'ACCORD, D'ACCORD… ON VOIT QUE TU AS DES ARRIÈRE-PENSÉES, SHUN !
S'IL AVAIT DIT QUE ÇA L'INTÉRESSAIT… J'AURAIS PRÉTEXTÉ LUI FILER UN COUP DE MAIN POUR QU'ON PUISSE LE FAIRE.
HA HÂ !
IL A DÛ LE COMPRENDRE, ET C'EST POUR ÇA QU'IL T'A DIT QUE TU N'ÉTAIS PAS FAIR-PLAY.
TAMAKI DIT QUELQUE CHOSE ET PENSE LE CONTRAIRE.
JE VOUDRAIS JUSTE QU'IL SOIT HONNÊTE…
CE N'EST PAS PARCE QU'ON EST DANS LE DÉNI QU'ON N'EST PAS NOUS-MÊMES.
TOI AUSSI, SHUN, TU ÉTAIS DANS LE DÉNI. C'EST D'AILLEURS POUR ÇA QU'ON S'EST RENCONTRÉS.
HEMPHH… HUUH…

す
FLOUP
REGARDE. L'UNE EST TOUTE CROQUANTE, L'AUTRE EST TOUTE MOLLE.
LAQUELLE EST TAMAKI ?
Moi je préfère les molles.
?
C'EST JUSTE DES FRITES.
TU POURRAIS FAIRE UN EFFORT POUR COMPRENDRE !
DIRE QUE JE ME DISAIS QUE C'ÉTAIT UN BON EXEMPLE !!
Merci pour votre visite !
SI ÇA FOIRE AVEC TAMAKI, JE SERAI TOUJOURS LÀ POUR TE CONSOLER, EN TOUT CAS.

J'AIMERAIS AUTANT ÉVITER...
TU ES VRAIMENT QUELQU'UN DE BIEN, TAKUMI-SAN, ET LE SEXE EST GÉNIAL AVEC TOI...
MAIS C'EST AVEC TAMAKI QUE J'AI ENVIE D'ÊTRE.
MAIS T'AS DIT QU'IL ALLAIT FINIR PAR TE DÉTESTER.
.....
SLURP
SLURP
OUAH !
GLOUPS
GLOUPS
GLOUPS
MA BOISSON EN ÉDITION LIMITÉE !! JE VOULAIS PRENDRE LE TEMPS DE LA SAVOURER !!
T'AS PAS ÉTÉ CAPABLE DE M'APPORTER DES SOLUTIONS CONCRÈTES, ALORS JE PRENDS ÇA EN COMPENSATION.

*Dogeza : posture où la personne est agenouillée au sol, prostrée vers l'avant, tête inclinée et mains contre le sol

TAKAMI !
WHAM !
QU'EST-CE QU'IL Y A, MAMAN ?
JE VAIS AU TRAVAIL, ÇA VA ALLER POUR TOI ?

OUI, ÇA VA BEAUCOUP MIEUX, NE T'INQUIÈTE PAS.
TRAVAILLE BIEN.
CLAC
.....
PLAF
HAA...
SOUPIR...

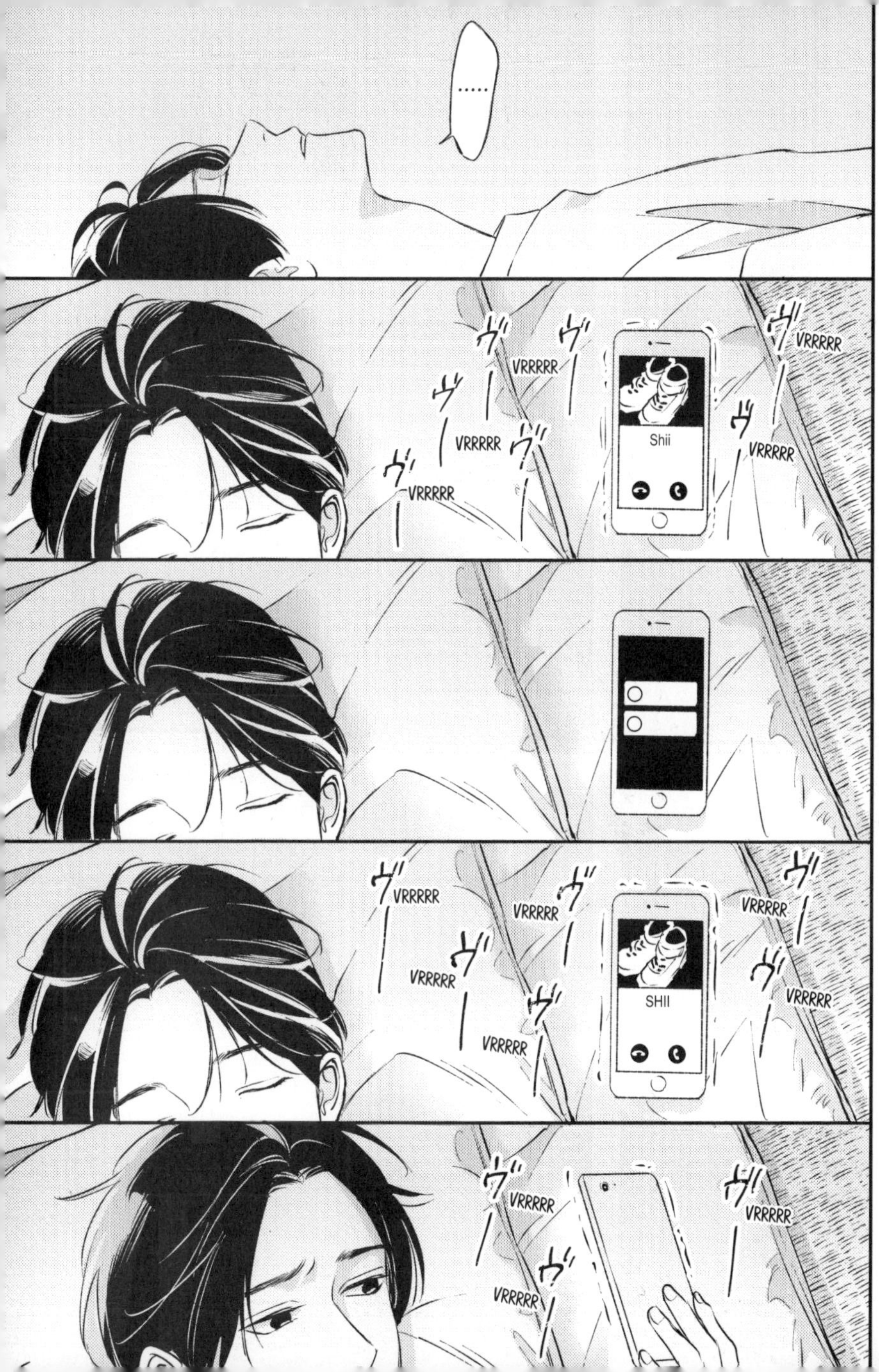
......
ヴー VRRRRR
ヴー VRRRRR
ヴー VRRRRR
ヴー VRRRRR
ヴー VRRRRR
ヴー VRRRRR
Shii
ヴー VRRRRR
ヴー VRRRRR
SHII
ヴー VRRRRR
ヴー VRRRRR
ヴー VRRRRR
ヴー VRRRRR
ヴー VRRRRR
ヴー VRRRRR
ヴー VRRRRR

T'ES SAOULANT...
ON M'A DIT QUE T'ÉTAIS PAS VENU À L'ÉCOLE...
COMMENT TU TE SENS ?
... Ça va.
... DÉSOLÉ.
TAP TAP
ヴヴ
VRRRR

QU'EST-CE QUE TU FOUS...?
Pardon
UN DOGEZA.
C'est pas un dogeza, c'est un poirier.
J'ai les mains et la tête au sol, c'est un dogeza.
VRRRRR
TILING
Lime
Yûto, Tanaka, Muro..., (8)
Muro a envoyé une photo
LE CHAT DE GROUPE DES GENS DE LA CLASSE...

Yûto, Tanaka, Muro… (8)
ムロ
Ça craint, il y a un fantôme au 2e étage du bâtiment de sport
SHII…
OÙ EST-CE QUE TU L'AS FAIT, TON POIRIER ?
Au 2ème étage du bâtiment de sport.
PFFFT !
Sérieux ?
TILING
Trop flippant !
C'est des pieds ?
Et si j'allais les chatouiller ?
TILING
Déconne pas
Hein ? Hein ? Wow
TILING
Sérieux ? C'est impossible
Y'avait un truc comme ça dans un des DVD de mon père
J'irai plus jamais dans le bâtiment de sport
Tamaki, je suis vraiment désolé…
Je ne peux pas dire que je ne le ferai plus, mais je te promets que je ne te forcerai plus la main.

Hh… Pfft…
Désolé ! Désolé, Tamaki ! Désolé ! Désolé ! Je peux refaire un dogeza si tu veux !
Fhh… Non… C'est pas la peine… Mieux vaut éviter, en fait…
?
T'ES VRAIMENT PAS FAIR-PLAY, SHII...
PAR-DONNE-MOI...

LA FOIS DERNIÈRE AUSSI, JE L'AVAIS PARDONNÉ QUAND IL M'AVAIT ENVOYÉ CETTE VIDÉO MARRANTE AVEC SON CALEÇON...
SI JE LUI PARDONNE POUR ÇA, JE VAIS DEVOIR LUI PARDONNER POUR TOUT...
Tamaki…
HEIN ?!
EUH... NON, T'ES PAS OBLIGÉ...
WHAM
ガバッ
JE PEUX VENIR CHEZ TOI APRÈS LE CLUB AUJOURD'HUI ?
JE RAMÈNERAI QUELQUE CHOSE.

J'AI ENVIE DE TE VOIR...
Je m'in-quiète.
OK, MAIS PAS LONG-TEMPS ...
DILING
HAA...
FAIT CHIER...

Désolé. C'était quelqu'un de vivant, en fait.
POUF
ポスッ

ピンポーン
DING DOOOONG

*Pocari Sweat, boisson énergétique japonaise

J'AI DÉJÀ DU POCARI...
AH... J'AI AUSSI RAMENÉ DE LA GELÉE.
SCHRIIC
カサ
JE VEUX BIEN.
MERCI.

TAP...
ス
ぎゅっ
CÂLIN...
EH OH...
C'EST BON, T'AS VU MA TÊTE, RENTRE CHEZ TOI, MAINTENANT.
NON, ENCORE UN PEU...
JE NE PEUX MÊME PLUS TE FAIRE DE CÂLINS, MAINTENANT ?

TAMAKI...
JE T'AIME...
.....
.....
OK, C'EST BON...

La forêt aux lapins
Chapitre 10
......
T'ES ENCORE FÂCHÉ ?
JE NE SUIS PAS FÂCHÉ.
TU ME DÉTESTES ?

JE NE T'AIME PAS, MAIS JE NE TE DÉTESTE PAS.
AVANT, IL DISAIT QU'IL M'AIMAIT DE FAÇON DIFFÉRENTE...
J'AI ÉTÉ RÉTROGRADÉ.
C'EST PROPRE, CHEZ TOI... TU ME DISAIS QUE TU NE VOULAIS PAS QUE JE VIENNE PARCE QUE C'ÉTAIT SALE.
C'ÉTAIT SALE, AVANT...
MAIS CES DERNIERS TEMPS, ÇA VA MIEUX.
JE PEUX RENTRER UN MOMENT...?
EEEH...
REGARDE, J'AI FAIT UNE PROMESSE ÉCRITE DE NE RIEN FAIRE DE COCHON AVEC TOI.
FLOUP
Promesse écrite
Moi, Shunta Shii, promets de ne rien faire de cochon avec Tamaki Yuminaga
(Sauf si c'est consensuel)

IL N'Y A RIEN DE TRÈS INTÉRESSANT ICI, DE TOUTE FAÇON...
LÀ, C'EST LA CHAMBRE DE MA MÈRE, ALORS N'Y ENTRE PAS.
COMPRIS.
ÇA SENT LE TABAC...

......
TAMAKI... TA MÈRE A UN MEC, EN CE MOMENT ?
NON, POURQUOI ?
TOUT CE QU'IL Y A ICI, CE SONT TES AFFAIRES ET LES SIENNES ?
...OUI.

C'EST MOI QUI ME FAIS DES IDÉES, OU QUOI...?
MAIS ÇA RESSEMBLERAIT BIEN À LA MÈRE DE TAMAKI DE VOULOIR QUE SES AFFAIRES SOIENT ASSORTIES AVEC CELLES DE SON FILS...
N'empêche...
L'atmosphère dans cette pièce est vraiment malsaine...
JE VAIS AUX TOILETTES. TU PEUX T'INSTALLER DANS MA CHAMBRE.
...

J'AI TROP ENVIE DE FOUILLER...
QUAND J'AI FOUILLÉ CHEZ TAKUMI-SAN, J'AI TROUVÉ DU PREMIER COUP L'ENDROIT OÙ IL RANGEAIT SES SEXTOYS... TROP FORT.
AH LÀ LÀ...
TADAAAAM
MA MÈRE VA RENTRER DANS PAS LONGTEMPS, IL FAUDRA QUE TU SOIS PARTI AVANT.
TAMAKI... J'AI FAIM ET J'AI SOIF...
T'AS PAS DES TRUCS À ME PROPOSER ?
J'AI DES CRACKERS ET DU THÉ À L'ORGE.
JE VEUX BIEN, MERCI.
OUUUVRE...

Y'A PAS DE SEX TOYS...
NORMAL, C'EST TAMAKI, APRÈS TOUT.
Cahier de notes
1ère année de primaire
Yuminaga Tamaki
UN CARNET ?
FLAP
LES CHOSES À NE PAS FAIRE !!
① - Long à répondre - Pas gentil - Infidèle (?) - Boit - Fume - Beaucoup de sexe - Traître
② - Mange mes boules de riz - Mange mes flans - Infidèle (?) - Beaucoup de sexe - Emprunte de l'argent
③ - Fume - Joue aux jeux d'argent - Beaucoup de sexe - Boit - Fume
④ - Sexe - Boit - Fume - S'énerve tout de suite - Donne des coups de pied
⑤ - Dire qu'on fait un truc et ne pas le faire - Fume - Emprunte de l'argent - Alcool - Sexe
«LES CHOSES À NE PAS FAIRE» ? POURQUOI IL A ÉCRIT PLEIN DE FOIS LES MÊMES MOTS ?
AH... ÇA PARLE DES EX DE SA MÈRE ? Y'EN A PLEIN...

J'AI L'IMPRESSION QUE C'EST UNE LISTE DE CHOSES QU'IL S'INTERDIT...
FLAP
ペラッ
Les différents véhicules
Je suis peut-être le prochain

GRIP !
C'EST QUOI, CE CARNET ?
……
DÉSOLÉ, AU FAIT…
EN LISANT ÇA, JE ME RENDS COMPTE QUE LE MAUVAIS FEELING QUE J'AVAIS EN ENTRANT DANS TON APPAR-TEMENT ÉTAIT JUSTIFIÉ.

TU AS DIT QUE LA MAISON ÉTAIT PROPRE, ALORS ÇA M'A RASSURÉ, MAIS...
HÉ, TAMAKI...
QU'EST-CE QUI SE PASSE ?
Les différents véhicules

MA MÈRE ME FAIT PEUR...

C'ÉTAIT UN PEU AVANT QUE J'ENTRE AU LYCÉE... J'AI COMMENCÉ À TROUVER CERTAINES CHOSES BIZARRES...
D'UN COUP, ELLE M'A DIT QU'ELLE VOULAIT QUE JE L'APPELLE PAR SON PRÉNOM...
AVANT, CHAQUE FOIS QU'ELLE SE SÉPARAIT D'UN DE SES COPAINS, J'AVAIS L'IMPRESSION DE RETROUVER MA MÈRE, MAIS...
APRÈS, ELLE A COMMENCÉ À ME REGARDER DE LA MÊME FAÇON QU'ELLE REGARDAIT LES AUTRES HOMMES.
LA NUIT, QUAND JE DORMAIS, ELLE VENAIT SE FAUFILER DANS MON FUTON...
J'ÉTAIS TERRIFIÉ.
C'EST PAS POS-SIBLE...

IL NE S'EST RIEN PASSÉ. ELLE SE CONTENTAIT DE ME SERRER DANS SES BRAS.
C'EST DÉJÀ BEAUCOUP TROP !
APRÈS ÇA, J'AI COMMENCÉ À FAIRE ATTENTION À NE PLUS ÊTRE AUSSI SOUVENT À LA MAISON.
J'ALLAIS ME COUCHER APRÈS ELLE POUR QU'IL NE SE PASSE RIEN.
JE N'AVAIS PAS L'INTENTION DE T'IMPLIQUER DANS CETTE HISTOIRE, SHII...
JE VOULAIS JUSTE UN AVIS OBJECTIF SUR LA SITUATION... DÉSOLÉ.
TU PEUX M'IMPLIQUER AUTANT QUE TU VOUDRAS, TAMAKI.
CÂLIN
ぎゅ

JE NE VOULAIS PAS QU'ELLE M'AIME DE CETTE FAÇON-LÀ.
JE ME DEMANDE S'IL PENSE LA MÊME CHOSE DE MOI AUSSI.
Les différents véhicules
Cahier de notes
1ère année de primaire
Yuminaga Tamaki
Tamaki a écrit ça à une époque où on était tout le temps ensemble.
J'aurais pu m'en apercevoir de nombreuses fois.
JE SUIS DÉSOLÉ...

POURQUOI TU T'EXCUSES ?
EUH, SHII... POURQUOI T'AS L'AIR AUSSI DÉPRIMÉ, D'UN COUP ?!
POUR TOUT... PARDON...
PENDANT TOUT CE TEMPS, JE T'OBSERVAIS, MAIS JE N'AI JAMAIS RIEN VU...
JE SUIS UN CRÉTIN...
PARDON...
HÉ...
PANIQUE
PANIQUE
FAIS PAS CETTE TÊTE...
DÉPRIMÉ...
ÇA ME REND ANXIEUX DE TE VOIR RÉAGIR COMME ÇA...

TAMAKI, TU NE PEUX PAS RESTER DANS CET ENDROIT...
VIENS HABITER CHEZ MOI.
C'EST IMPOSSIBLE...
JE NE PEUX PAS LAISSER MA MÈRE TOUTE SEULE.
DANS CE CAS, VIENS AU MOINS PENDANT TROIS SEMAINES.
NON, TU VAS ME FAIRE DES TRUCS BIZARRES...

NON, JE T'AI MONTRÉ MA PROMESSE ÉCRITE !
......
DORS AU MOINS CHEZ MOI CE SOIR.
JE NE PEUX PAS... JE NE SUIS PAS ALLÉ À L'ÉCOLE AUJOURD'HUI...
DEMAIN, ALORS ?
......
... OK.
BON, ON SE TIENT AU COURANT.

D'AC-
CORD, À
PLUS.
CLAC
パタン

FINALEMENT, VIENS DORMIR CHEZ MOI AUJOURD'HUI.
DÉSOLÉ, JE SUIS ÉGOÏSTE...
MAIS JE VOUDRAIS QUE TU DORMES CHEZ MOI CE SOIR.

FLAP !
ビシ
Promesse écrite
Moi, Shunta Shii, promets de ne rien faire de cochon avec Tamaki Yuminaga
(Sauf si c'est consensuel)
J'ATTENDS QUE MA MÈRE RENTRE...
ET JE PRÉPARE MES AFFAIRES POUR VENIR CHEZ TOI. TU N'AS QU'À M'ATTENDRE LÀ-BAS.
SHII

ガチャ
CLAC
TA MÈRE ÉTAIT FÂCHÉE ?
OUI, UN PEU.
DÉSO-LÉ...
... T'IN-QUIÈTE.
POUF
T'AS L'AIR FATIGUÉ... TU VEUX DORMIR ?
ENDORMI...
うと・・・
DÉSOLÉ... JE MANQUE UN PEU DE SOMMEIL... ÇA NE T'EMBÊTE PAS SI JE ME COUCHE TOUT DE SUITE ?

NON. TU PEUX PRENDRE MON LIT.
NON, GARDE TON LIT, SHII...
À CHAQUE FOIS, TU DIS ÇA, ET À CHAQUE FOIS, TU FINIS PAR PRENDRE LE LIT ET DORMIR COMME UNE SOUCHE.
LA FERME...
GRIMPE
のそのそ
Sur ses gardes...

スッ DESCEND
……
CLIC パチッ
C'EST INHABITUEL... D'HABITUDE, IL EST SUPER EXCITÉ...

TAMAKI...
ON DEVRAIT LAISSER TOMBER CETTE HISTOIRE DE SORTIR ENSEMBLE PENDANT UN AN.
... QUOI ?

La forêt aux lapins
Chapitre 11
MAIS... POURQUOI...?
JE VEUX QUE CET ENDROIT SOIT UN REFUGE POUR TOI.
ET LA SEULE FAÇON POUR QUE TU TE SENTES EN SÉCURITÉ, TAMAKI, C'EST QUE NOTRE RELATION REDEVIENNE CE QU'ELLE ÉTAIT AVANT.
SHII...
QUAND JE PENSE AU FAIT QUE J'AGIS DE LA MÊME FAÇON QUE LA MÈRE DE TAMAKI, ÇA ME REND MALADE...
JE N'AR-RIVE PAS À OUBLIER CES MOTS SUR LE CARNET, ÉCRITS DE SA MAIN D'ENFANT...
LES CHOSES À NE PAS FAIRE !!
- Long à répondre
- Pas gentil
- Infidèle (?)
- Boit
- Fume
- Beaucoup de sexe
- Traître
2
- Mange mes boules de riz
- Mange mes flans
- Infidèle (?)
- Beaucoup de sexe
- Emprunte de l'argent
3
- Fume
- Joue aux jeux d'argent
- Beaucoup de sexe
- Boit
- Fume
4
- Sexe
- Boit
- Fume
- S'énerve tout de suite
- Donne des coups de pied

S'IL VOIT QUE JE TIENS MA PAROLE, IL COMPRENDRA...
JE NE PEUX PAS SOUILLER TOUT CE QU'IL A PROTÉGÉ DEPUIS SON ENFANCE AVEC MA SALE BITE DÉGOÛTANTE...
Il est trop pur.
ON A DIT UN AN, ON GARDE UN AN.
WHAM
M... MAIS SI ON FAIT ÇA, TU N'ARRIVERAS JAMAIS À TE DÉTENDRE...
TU VAS TE METTRE EN COLÈRE SI JE TE TOUCHE... ET J'AI PEUR DE TE FORCER À DÉSOBÉIR À CE QUE TU AS MARQUÉ DANS TON CAHIER D'ÉTHIQUE...
MON CAHIER D'ÉTHIQUE ? C'EST QUOI CE TRUC ?
TOURNE
APRÈS TOUT, DÉSOBÉIR, C'EST CE QUE TU AS TOUJOURS FAIT TOUTE TA VIE, SHII.

JE T'ENVIE... MOI, J'EN SUIS INCAPABLE...
......
TAMAKI...
TU VAS PEUT-ÊTRE ENCORE DIRE QUE JE SUIS IMMONDE, MAIS IL FAUT QUE JE TE POSE LA QUESTION...
EST-CE QUE TU RESSENS DU DÉSIR SEXUEL ?

C'EST COMME TU DISAIS, SHII...
SI JE N'EN AVAIS PAS, JE NE RÉA-GIRAIS PAS COMME ÇA QUAND TU ME TOUCHES.
ET CE N'ÉTAIT PAS DE TOI QUE JE PARLAIS QUAND JE DISAIS QUE C'ÉTAIT IMMONDE.
C'ÉTAIT DE MOI.
JE ME DÉGOÛTE.
JE N'AI PAS ENVIE DE RESSENTIR DU DÉSIR...
ENVERS QUI QUE CE SOIT.

FLOUP
ÇA VEUT DIRE OUI ?
JE SUIS LE FILS DE MA MÈRE.
TU CONNAIS DÉJÀ LA RÉPONSE, SHII.

FRISSON...
J'AI COMPRIS...
DÉSOLÉ, JE RETIRE CE QUE J'AI DIT.
PARLONS UN PEU DE CETTE HISTOIRE DE SORTIR ENSEMBLE PENDANT UN AN.
À PARTIR DE MAINTENANT, TOUTES LES DÉFENSES QUE TU AS ÉRIGÉES AUTOUR DE TOI, TAMAKI, JE VAIS LES DÉTRUIRE.
CE DÉSIR DONT TU PENSES NE PAS AVOIR BESOIN, MOI, JE LE VEUX.
DONNE-LE-MOI.

J... JE PEUX PAS...
QU'EST-CE QUE TU EN FAIS, DE CE DÉSIR ?
TU DOIS BIEN L'ÉVACUER TOI-MÊME, NON ?
BEN... LE MOINS SOUVENT POSSIBLE...
ÇA ARRIVE RAREMENT...
ET APRÈS, COMMENT TU TE SENS ?
.....
... COU-PABLE...
TU VEUX QUE JE T'APPRENNE À TE DÉ-BARRASSER DE CETTE CULPABILITÉ ?

JE PEUX T'AIDER À TE MASTURBER.
HEIN...?
QU'EST-CE QUE TU RACONTES...
ÇA VA PAS LA TÊTE ?
QUAND TU LE FAIS TOI-MÊME, TU TE SENS COUPABLE...
TU N'AS QU'À PRÉTENDRE QUE TOUT EST DE MA FAUTE. QUE JE T'AI FORCÉ À LE FAIRE.
PAS QUES-TION...

MAIS COMME ÇA, TU NE TE SENTIRAS PAS COUPABLE, ET MOI, J'AURAI LE DROIT DE TE TOUCHER. CHACUN Y TROUVE SON COMPTE.
JE T'AI DIT NON.
ギゅっ
GRIMPE...
TAMAKI...
DIS-TOI QUE C'EST DE MA FAUTE.
CE SENTIMENT DE CULPABILITÉ...
QUE TU RESSENS QUAND TU TE DONNES DU PLAISIR...
TU N'AS QU'À LE TRANSFÉRER SUR MOI.

FAIS-LE...
JE T'EN PRIE...
J'AI ENVIE QUE TU LE FASSES.
...NON.
TU NE PEUX PAS BRISER LES RÈGLES QUE TU T'ES TOI-MÊME IMPOSÉ. IL VA BIEN FALLOIR QUE QUELQU'UN LES BRISE POUR TOI, NON ?
.....
QUAND ON ÉTAIT PETITS, TU AVAIS PEUR DE CE QU'IL Y AVAIT DERRIÈRE CETTE GRILLE...
ET FINALEMENT, IL N'Y AVAIT RIEN DE SPÉCIAL.
TU TE SOUVIENS DE CE QUE TU M'AS DIT ENSUITE ?

«C'ÉTAIT PAS SI IMPRES-SIONNANT, EN FAIT.»
C'EST TOUJOURS PAREIL...
AU FINAL, ON FAIT TOUJOURS CE QUE TU DÉCIDES DE FAIRE, SHII.
C'EST TOI QUI N'ARRIVES JAMAIS À ME DIRE NON.

ON LE FAIT ?
IL EST EN TRAIN DE LUTTER INTÉRIEUREMENT POUR SAVOIR S'IL ACCEPTE OU S'IL REFUSE...
SI ON LE FAIT, ON PEUT ALLUMER UNE LUMIÈRE ? JE VEUX VOIR TON VISAGE, TAMAKI...
LA PETITE LUMIÈRE ORANGE.

NON...
JE PRÉFÈRE DANS LE NOIR...
OK...
JE CROIS QUE MA BITE VA EXPLOSER.
Mais...
J'AI COMME L'IMPRESSION QU'IL VAUT MIEUX QUE J'ÉVITE DE LUI MONTRER.
EUH... MA FAMILLE EST LÀ, DONC NE FAIS PAS TROP DE BRUIT...
......
JE PEUX METTRE LA LANGUE ?
JE... JE NE SUIS PAS TROP HABITUÉ... JE PRÉFÈRE PAS.

ET SINON... QUAND TU ME DEMANDES MON AVIS, JE... EUH...
D'ACCORD, JE NE DEMANDERAI PLUS.
C'EST PAS ÇA, MAIS... SI JAMAIS ON DIT QUE TOUT EST DE TA FAUTE...
BISOU
.....
ピク
SURSAUTE
T... T'ES VRAIMENT OBLIGÉ DE FAIRE ÇA ?
J'AI ENVIE DE LE FAIRE, DONC JE LE FAIS.
BISOU
BISOU
BISOU
TREMBLE
プルプル
GLISSE...
スリ…

バッ
WHAM !
!!
F... FINALEMENT, J'AI CHANGÉ D'AVIS ! ON ARRÊTE !
NE PANIQUE PAS, ÇA IRA.
DÉTENDS-TOI... FAIS-MOI CONFIANCE. JE NE TE FERAI PAS DE MAL...
T'ESSAIES DE ME MANIPULER...
BISOU
BISOU
ÇA CHATOUILLE...
FUIP
スッ
FUIP
スッ
バサッ
FLAP
WHAM
スス…

NGH...!
JE N'ARRÊTERAI PAS AVANT QUE TU AIES JOUI, TAMAKI.
UH...
HH...
FUIP
FUIP
NNH...
FROTTE
J'AIME PAS COMMENT TU ME TOUCHES...

TU DIS ÇA PARCE QUE TU PRENDS DU PLAISIR, PAS VRAI ?
C'EST PAS CE QUE J'AI DIT.
FROTTE
FROTTE
MAIS CE QUE TU DIS EST TOUJOURS COMPLÈTEMENT À L'OPPOSÉ DE CE QUE TU PENSES, TAMAKI.
NNH ...
!
OUAH ...
FLOUP...
ME... ME TOUCHE PAS DIRECTEMENT...

COMMENT TU TE TOUCHES, D'HABITUDE ?
SLURP
SURSAUTE
C... COMMENT JE ME TOUCHE...?
JE NE...
FUIP
BOBOM !
HH...
COMMENT... JE...
C'EST PAS AUSSI...
SEXY QUE QUAND TU LE FAIS, SHII...
GRIP...

NON, PAS LÀ...!
Chuut ...

SLURP
TREMBLE
TREMBLE
MMH...
BOBOM
ビクッ
BISOU...
GNAP...
カリ…
HH...
UH...
FLUIP...

グイ
FUIP

POUSSE...
SLURP...
HAA...
HAA
HAA
HAA...
FUIP...
FLAP
AAAH...
FLAP
NNH...
NON...
MMH...
UUH...
HH...
NNH...

FUIP...
UUUH...
GRIP...
SPLURT
PLIC
SPLURT...
TOUT VA BIEN...

JE SUIS LE SEUL À LE VOIR... LE SEUL À SAVOIR.
JE NE DIRAI RIEN À PERSONNE.
CE SERA NOTRE SECRET À TOUS LES DEUX.

Un garçon mignon
Je me suis dit qu'il était super mignon.
EILA

5 15 41
Takumi : étudiant gay
Trop fatigué !
Je dors. Bonne nuit !
4 8 36
AH...
J'AI ENVIE DE CUL... ET SI JE POSTAIS UNE ANNONCE ?
TU VEUX PAS LE FAIRE AVEC MOI ?
NON, J'AIME PAS TROP TA FAÇON DE LE FAIRE.
QU'EST-CE QUE ÇA VEUT DIRE ?!
COMMENT T'EXPLIQUER ? HUM...
TU VEUX QU'ON SOIT GENRE, EN SYMBIOSE ? T'ES TOUT LE TEMPS SUPER GENTIL AVEC MOI ? ÇA ME SAOULE, EN FAIT.

Y'A PLEIN DE GENS QUI SERAIENT CONTENTS D'AVOIR ÇA…
QUAND ON EST CONNECTÉS À LA FOIS PAR LE CORPS ET PAR L'ESPRIT, L'ORGASME EST ENCORE PLUS FORT…
C'EST BIEN MEILLEUR !
J'AI PAS BESOIN DE ÇA, MOI. SUFFIT D'UNE PIPE OU D'UN ANULINGUS, ET JE PARS COMME UNE FLÈCHE.
ET SUR LES RÉSEAUX SOCIAUX, IL N'Y A QUE DES MECS COMME MOI, C'EST SUPER PRATIQUE.
Shun
Enchanté
Je suis lycéen, c'est pas grave ?

OOH, UN LYCÉEN A RÉPONDU...
SÉRIEUX ?! FAIS PAS ÇA...
SI C'EST POUR UNE RELATION SINCÈRE, ÇA VA, NON ?
TU FAIS PAS DANS LES RELATIONS SINCÈRES, TOI.
BIEN SÛR QUE SI ! CE PAUVRE LYCÉEN FAIT PARTIE D'UNE MINORITÉ ET DOIT SE SENTIR DIFFÉRENT DE SES CAMARADES À CAUSE DE ÇA, ET JE VAIS SINCÈREMENT L'AIDER À COMPRENDRE ET À ACCEPTER CE QUI LUI ARRIVE !
J'AI L'IMPRESSION QU'IL SAIT PAS CE QUE VEUT DIRE CE MOT, EN FAIT.
POSSIBLE.
ET SI C'EST UN VIEUX QUI SE RAMÈNE AU RENDEZ-VOUS, TU FERAS QUOI ?
JE LUI ÉCLATERAI LA GUEULE.
ET SI J'AI UN BON FEELING AVEC LUI, JE LUI FERAI LA MEILLEURE PIPE AU MONDE.
Shun
Enchanté
Je suis lycéen,
c'est pas grave ?

SHUN ?
TAKUMI-SAN ?
Il est mignon !

J'adore son expression complète-ment neutre !
ET J'AI BATTU UN RECORD PERSONNEL À MON CLUB. JE SUIS TROP CONTENT...
Ce qu'il ressent ne transparaît pas du tout sur son visage !
Ouaah, trop bien !
Merci.
J'arrive pas à savoir s'il est gêné ou pas !
JE... JE VOUDRAIS ÉJACULER SUR TON VISAGE...
Il a pas peur d'exprimer ses désirs, en plus ! Mais oui, je t'en prie, éjacule sur mon visage !

FSCHHHH...
IL N'Y A QUE PENDANT LE SEXE QU'ON ARRIVE À DÉCHIFFRER CE QU'IL RESSENT... MAIS C'EST BIEN COMME ÇA.
ET EN DEHORS DE ÇA, IL GARDE SES DISTANCES, C'EST COOL... PEUT-ÊTRE QU'IL EST HABITUÉ À SORTIR AVEC DES TYPES PLUS VIEUX ?
SHHHH...
J'AI VRAIMENT RENCONTRÉ UN BON GARÇON, MOI...
Pendant ce temps-là, Shii...
TAMA-KI...
...était en pleine intros-pection.

Le garçon qui mangeait de bon appétit
Bonjour, je m'appelle Yamanobe.
J'apparais sur trois pages environ dans le chapitre 7.
Lui, c'est mon chef, Matsuyama-san.
Il a vraiment une tête d'abruti quand il mange, pas vrai ?
Eeh... Ça pue le mensonge...
Il est juste en train de regarder la télé en même temps.
J'ai envie de lui payer un bon repas...
Ces derniers temps, Matsuyama-san s'intéresse à un lycéen, Yuminaga-kun, qui travaille dans un restaurant de sushi où on va parfois.
Matsuyama-san ne connaît Yuminaga-kun que parce qu'il travaille au restaurant de sushis, mais...

YAMANOBE-SAN...
VOUS N'AURIEZ PAS DÛ M'ACHETER TOUT ÇA...
からあげ サン
JE NE POUVAIS PAS FAIRE AUTREMENT QUAND JE T'AI VU EN PROIE À UNE TELLE HÉSITATION DEVANT LA VITRINE DU POULET FRIT...
T'as décidé ?
P... Pas encore...
C'EST PARCE QUE J'AVAIS ENVIE DE TOUT MANGER...
QUAND JE TERMINE MON TRAVAIL AU COMBINI, J'AI TOUJOURS SUPER FAIM.
TU TRAVAILLES DANS CE COMBINI ?
MIOM
AH, OUI...
MIOM
HOUS HENEZ HOUVENT, YAMANOHE-SAN ?
MIOM
MIOM
MANGE AU LIEU DE PARLER.

.....
TROP BON ...
IL A L'AIR VRAIMENT D'ÊTRE QUELQU'UN D'ÉQUILIBRÉ, CE PETIT.
Matsu-yama-san...
Yuminaga-kun mange de bon appétit.
Fin

La forêt aux lapins 2

HANA

www.boys-loves.fr

Traduit du japonais par Laurie Asin
Maquette : Justine Mouron
Assitante d'édition : Maeva Paino
Responsable Editorial & Production : Tony Mr P

Dépot légal : Septembre 2021
ISBN 978-2-38276-080-2
ISSN 2743-4435

Imprimé par GZ Digital Media as